STEVENSON • WATTERS • ALLEN • LAIHO

LUMBERJANES™

FORA DO TEMPO

DEVIR

devir.com.br

EDITORIAL

Paulo Roberto Silva Jr.....................................Gerente Editorial Brasil
Marcelo Salomão...Editor-Assistente
Guilherme Miranda...Tradutor
Marquito Maia...Revisor de Prova
Equipe Devir...Letras
978-85-7532-750-0...ISBN

Publicado por Devir Livraria Ltda.
Junho 2019

ATENDIMENTO

Assessoria de Imprensa...............................imprensa@devir.com.br
S.A.C..sac@devir.com.br
Eventos..eventos@devir.com.br

DEVIR BRASIL

ADMINISTRATIVO:
Rua Basílio da Cunha, 727
Vila Deodoro - CEP 01544-001
Tel: 55 (11) 2602-7400

LOGÍSTICA (ESTOQUE-RECEBIMENTO-EXPEDIÇÃO)
Rua Chamatu, 197-A
Vila Formosa - CEP 03359-095
Tel: 55 (11) 2924-6918

Dados Internacionais de Catalogação na Publicação (CIP)
(Câmara Brasileira do Livro, SP, Brasil)

Stevenson, Noelle
Lumberjanes : fora do tempo / roteiro de Noelle
Stevenson & Shannon Watters ; ilustrado por Brooklyn
Allen ; cores de Maarta Laiho ; [tradução Guilherme
Miranda]. -- São Paulo : Devir, 2019.

Título original: Lumberjanes : out of time
ISBN 978-85-7532-750-0

1. Histórias em quadrinhos 2. Lumberjanes
(Personagens fictícios) - Histórias em quadrinhos -
Ficção I. Watters, Shannon. II. Allen, Brooklyn.
III. Laiho, Maarta. IV. Título.

19-26482   CDD-741.5

Índices para catálogo sistemático:
1. Histórias em quadrinhos 741.5
Cibele Maria Dias - Bibliotecária - CRB-8/9427

ESTE MANUAL DE CAMPO DAS LUMBERJANES PERTENCE A:

NOME:_____

TROPA:_____

DATA DE ORDENAÇÃO:_____

SUMÁRIO DO MANUAL DE CAMPO

MANUAL DE CAMPO DAS
LUMBERJANES

Nível Intermediário

Décima Edição • Abril de 1984

Elaborado para o

ACAMPAMENTO PARA ~~MOÇAS~~ MENINAS DA PESADA
**da Senhorita Qiunzella Thiskwin
Penniquiqul Thistle Crumpet**

"Amizade é Tops!"

MENSAGEM DO CONSELHO SUPERIOR DAS LUMBERJANES

Feche os olhos e pense no momento mais feliz de sua vida. Pense bem nos detalhes: onde você estava, o aroma no ar, ou se havia alguém ao seu lado. É o momento em que você realmente sentiu alegria, que sentiu que fazia parte de algo maior, ainda que apenas por uma fração de segundo. São esses momentos que buscamos no acampamento das Lumberjanes. Imagine um mundo onde você não fosse motivada apenas a ter sucesso em todos os aspectos da vida, e também tivesse todas as trilhas abertas à sua frente e pudesse escolher com quais pedrinhas essas trilhas seriam ladrilhadas. A minha seria de lajotas.

Este volume do manual das Lumberjanes pretende ajudar todas aquelas que o têm em mãos, qualquer pessoa pode pegar as lições que são explicadas aqui e colocá---las em prática na vida rotineira do dia a dia, e na vida não tão rotineira assim. A maior lição que podemos ensinar-lhe hoje é que o tempo é fluido. Este escapa rapidamente por entre nossos dedos, mas também pode ficar imóvel, como se congelasse por um instante. O tempo nunca será controlado, o que não significa que não funcionará a seu favor quando for mais necessário.

À medida que se envelhece, você olha para o passado e pensa em tudo aquilo que poderia ter acontecido. Em todas as coisas que deveria ter feito, ou até mesmo as coisas que teria evitado se tivesse o conhecimento que possui hoje. Você vai pensar nas amizades que fez quando era jovem e não sabia como o mundo funcionava, e em como essas amizades se transformaram em algo incrível, ou talvez tenham se afastado. No nosso acampamento, esperamos que você consiga fazer amizades que continuem firmes e fortes até o fim dos tempos, que triunfem sobre quaisquer obstáculos e se fortaleçam cada vez mais. E caso essas amizades esmoreçam, vamos torcer para que seja parte do processo natural de crescimento e aprendizado, pois todos somos muito diferentes na maneira como agimos e, às vezes, isso significa que temos de tomar caminhos diferentes nessa vida louca.

JURAMENTO LUMBERJANE

Juro solenemente fazer o melhor possível,
Todos os dias e em tudo o que faço,
Ser forte e valente,
Ser autêntica e humana,
Ser interessante e interessada,
Ser atenciosa e questionadora
Do mundo ao meu redor
E pensar primeiro nos outros,
Sempre ajudar e defender meus amigos
~~e...~~
E fazer do mundo um lugar melhor
Para as escoteiras Lumberjanes
E para todas as pessoas.

AÍ FALA UM TROÇO SOBRE DEUS E COISA E TAL

FORA DO TEMPO

Roteiro de
Noelle Stevenson
& Shannon Watters

Ilustrado por
Brooklyn Allen

Cores de
Maarta Laiho

Letras de
Equipe Devir

Capa de
Noelle Stevenson

Distintivos e Design Original de
Scott Newman

Editora-Assistente Original
Whitney Leopard

Editora Original
Dafna Pleban

Agradecimentos especiais à **Kelsey Pate** *por ter batizado as Lumberjanes.*

Criado por Shannon Watters, Grace Ellis, Noelle Stevenson & Brooklyn Allen

CAPÍTULO TREZE

Programa de Atividades ao Ar Livre

TROTADORA DO GLOBO DE NEVE

"Nem a neve nos deterá!"

Viajar pelo mundo é uma das maiores diversões da vida, e um dos objetivos de ser uma Lumberjane, em grande parte, é se divertir. Toda Lumberjane deve sair do acampamento com noções básicas de sobrevivência para qualquer tipo de viagem. Quer seja uma noite acompanhada apenas por uma coberta e pelas estrelas, ou uma excursão grandiosa pelas montanhas mais altas que conseguir encontrar. Uma Lumberjane vai encontrar muitos problemas durante a vida, mas vai sobreviver e prosperar em todas essas ocasiões. Um dos muitos objetivos das Lumberjanes é garantir que todas as moças saiam daqui com as ferramentas para o sucesso. E algumas dessas ferramentas são ensinadas quando as Lumberjanes recebem o distintivo *Trotadora do Globo de Neve*.

Viajar é um excelente passatempo, além de uma ótima profissão que qualquer Lumberjane pode vir a apreciar. É comum uma Lumberjane querer aprender tudo que há para sa-

ber sobre o mundo como um todo. Ela vai querer aprender, e vai querer descobrir e explorar todos os lugares ainda intocados pela civilização. Há tantos mundos extraordinários por aí e este acampamento é apenas o começo. As Lumberjanes vão se deparar com muitos exercícios neste acampamento que as ajudarão a encontrar as ferramentas e o treinamento necessários para tornar tudo isso possível para elas.

Para obter o distintivo *Trotadora do Globo de Neve*, a Lumberjane deve escrever um diário com suas descobertas enquanto anda pelo acampamento. Com a ajuda das colegas de sua cabana, ela vai entrar em contato com a natureza ao seu redor e criar um mapa da região. Ela vai adquirir habilidades básicas de sobrevivência para se virar na floresta, e vai aprender a incrível arte da cartografia. Ela será capaz de identificar plantas de todo o mundo, além de conhecer as características de plantas venenosas, de modo que, quando se deparar com algo desconhecido, consiga garantir que nenhuma de suas

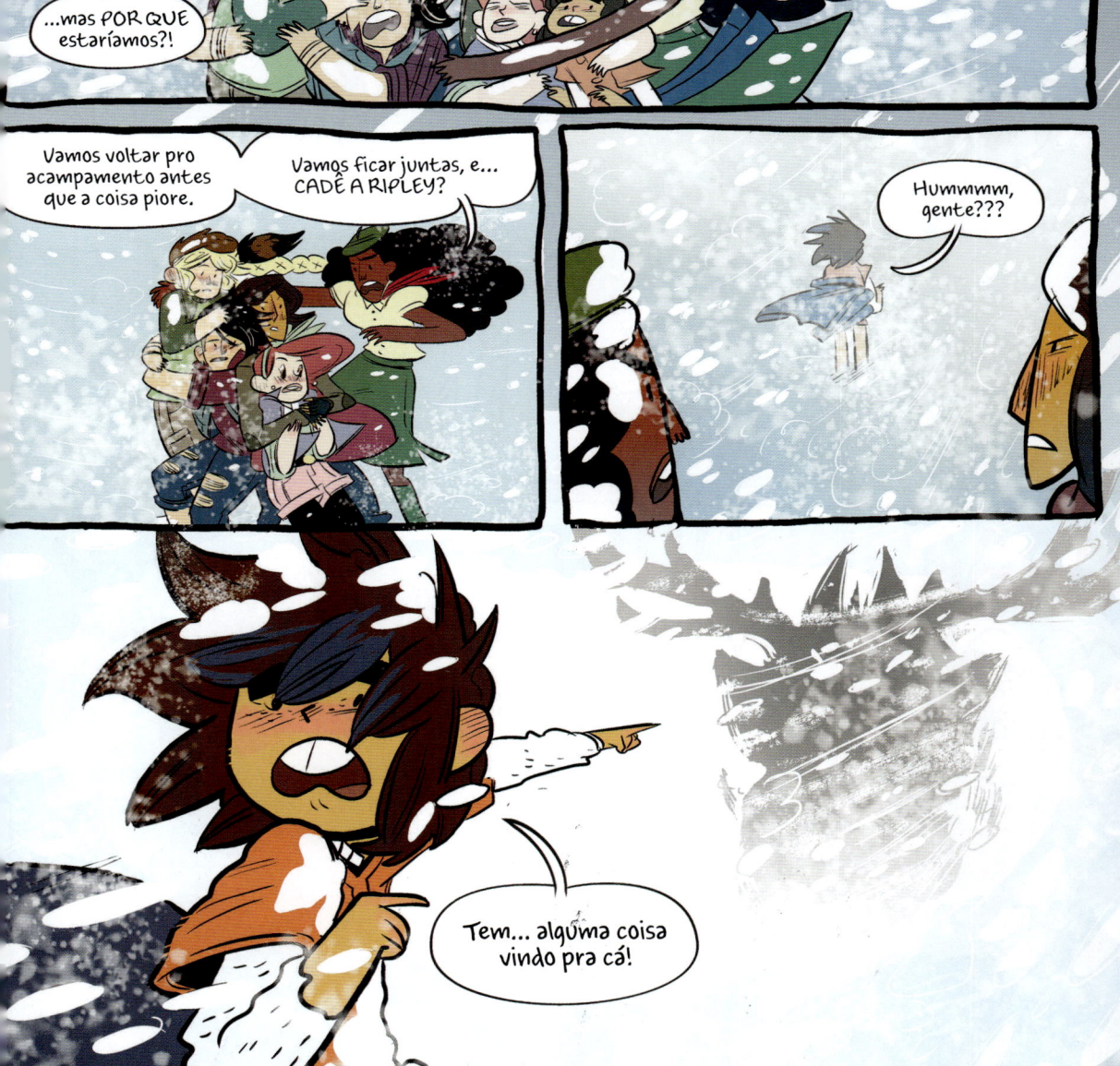

ARGH!

UUNF AGH
AI UI AI NÃO
SOCORRO

Meu nome é Abigail. Como você se chama, querida?

Hum... Jen? Jennifer. Não, espera. É só Jen.

...você me salvou desse bicho?

Ah, sim! Deu um trabalhão. Mas ele não vai incomodar mais ninguém!

Mas é um bicho lindo, não é?! Olha essa galhada!

Hum, Abigail? Obrigada por me salvar, mas por acaso você salvou mais alguém além de mim? Porque minhas meninas estavam comigo...

Meninas?

Cinco, mais ou menos desta altura, bem malvestidas e supermetidas e acham que sabem de TUDO, mas também são muito fofas e a gente aprende a gostar delas e AI MEU DEUS e se elas MORRERAM CONGELADAS ou foram COMIDAS POR UM MONSTRO...?!

Ah, ELAS! Vi sim, mas achei que não estavam com você, já que te deixaram pra trás.

Não se preocupe, querida, elas pareciam ótimas... Definitivamente não precisavam da minha ajuda.

...me deixaram pra trás?

Humm! Quer chocolate quente?

vai co...

O r...
auxíli...
aparênci...
vestuári...
Além d...
Lumbe...
fazer o...
parte...
Thisk...
Porra...
têm...
elas p...

A n...
amarelas,...
borda com...
na m...
escolh...
calças...
feitas de...
sair no...
boina verd...
as golas...
Sapatos t...
saltos alto...
meias têm...
no uniforme. Colares, braceletes e...
parte do uniforme Lumberjane...

COMO USAR...

Ficar bem de uniforme...
uniforme esteja em boas co...
sado. Confira se a saia possui o...
sua altura e porte, que o cinto...
cintura, que seus calçados e meias estej...
você está observando sua postura e comporta-se com a
devida dignidade e graciosidade. Caso retire sua boina
em ambiente fechado, confira se seu cabelo está
apropriado com laço ou grampo inaparente. Ao vestir
um uniforme Lumberjane, você está identificada como
integrante de uma organização e deve ter cuidado
redobrado quanto a sua conduta, de maneira
que demonstre a todos que gentileza e consideração
fazem parte de ser Lumberjane. Há quem julgue países
inteiros pela avareza de poucos, que critique uma família
inteira pela conduta indevida de um familiar e
tenha antipatia a uma organização por motivo de

ajuda no...
em grupo,...
vida ativa n...
outro laço de...
futuro, e pro...
de forma que...
Lumberjane pr...
Penniquiqul Th...
pesada, mas...
por conta pr... o material material
disponível na lojinha.

MANUAL DE CAMPO DAS LUMBERJANES
CAPÍTULO CATORZE

Programa de Atividades de Literatura

O MISTÉRIO DA HISTÓRIA

"O importante não é o que é lembrado, mas o por quê."

O mais interessante sobre a memória é que ela pode ser enganada. Você pode passar a vida inteira tendo certeza sobre alguma coisa para depois descobrir que estava errada. Isso acontece porque, se você acredita muito em algo, pode ter a impressão que é um fato. Pode fazer algo ser verdade, mesmo que não seja. É por isso que a história é importante, mas nem sempre confiável. Como Lumberjane, será importante não apenas manter a mente aberta para os acontecimentos ao seu redor, como também estar a par de todas as mudanças que acontecerem ao seu redor. Cada pessoa tem sua própria experiência, até sobre o mesmo acontecimento, porque somos todos indivíduos únicos com histórias particulares. É isso que nos torna incríveis, o que nos torna humanas, o que nos torna Lumberjanes. Todas as Lumberjanes devem ter um diário e usá-lo para registrar o que acontecer com elas no acampamento e, de preferência, o que acontecer fora do acampamento também.

O distintivo *O Mistério da História* só pode ser conquistado na biblioteca. Toda escoteira deve ir à biblioteca do acampamento para escolher um livro. Pode ser qualquer livro, desde humor a não ficção, e ela vai pesquisar tudo que tornou possível a criação do livro. Ela vai aprender sobre os autores, a vida deles, o que os inspirou a produzir o livro e encontrar todas as informações que não teriam conseguido encontrar apenas no livro escolhido. Uma das muitas oportunidades divertidas oferecidas por esse distintivo é a chance de ter um conhecimento melhor sobre como as coisas mudam a partir do que realmente aconteceu para aquilo que foi parar no papel. A captura da bandeira é, e sempre será, a maior batalha do verão, mas a verdadeira dificuldade do jogo não é roubar a bandeira. É escapar da prisão inimiga.

Para conseguir o distintivo *O Mistério da História*, toda

*Astrônoma e astrofísica britânico-americana.

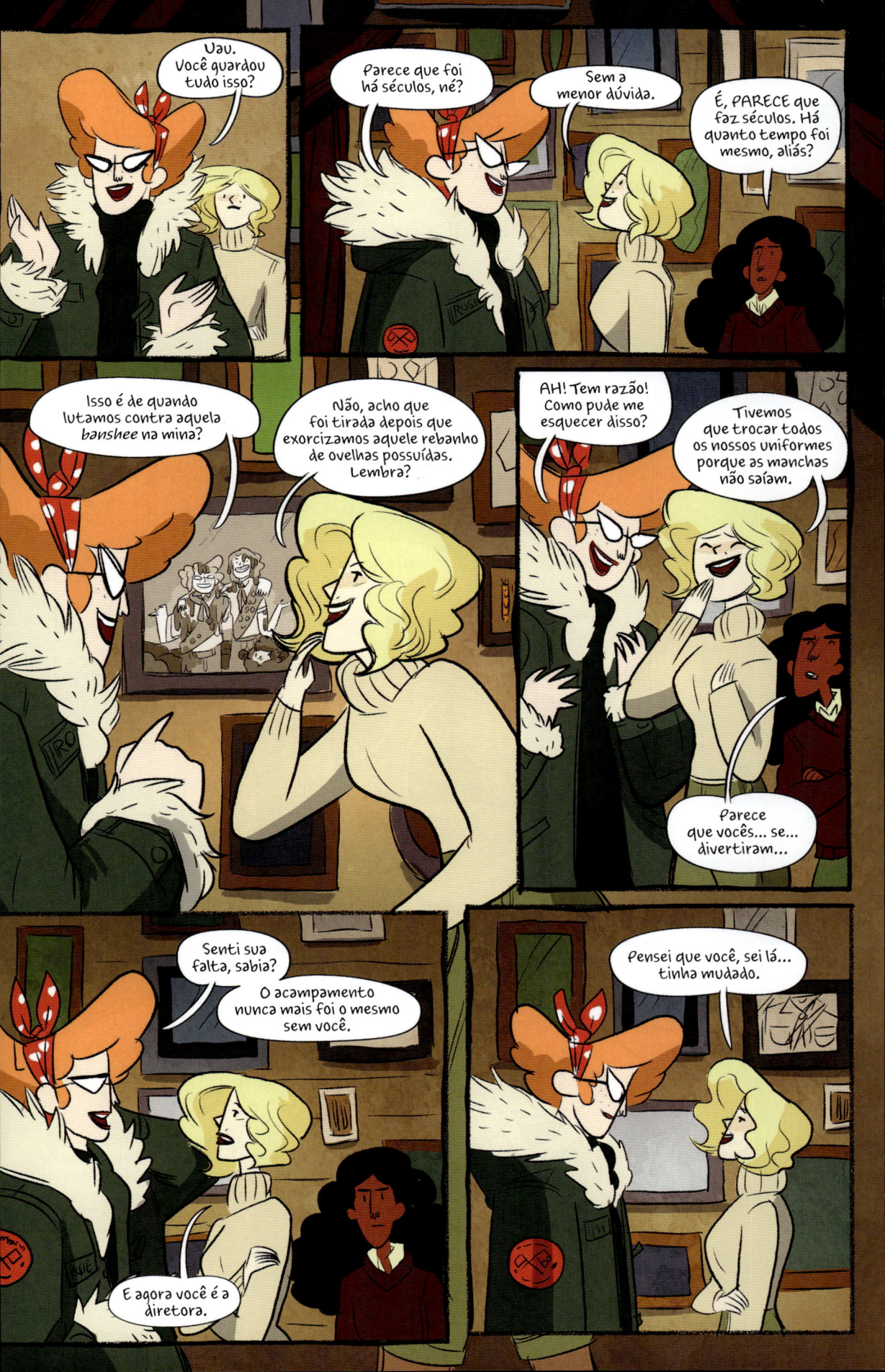

*Jornalista americana, conhecida por sua viagem de circum-navegação do globo em 72 dias.

"...ela planeja promover a maior caçada de sua vida."

vai co

O r
auxíli
aparênci
vestuári
Além d
Lumbe
fazer o
parte c
Thisk
Porra
têm c
elas p

A n
amarelas,
borda com
na m
escolh
calças
feitas de
sair no
boina verd
as golas
Sapatos t
saltos alto
meias têm
no uniforme. Colares, braceletes e outros acessórios
parte do uniforme Lumberjane.

COMO USAR O UNIFORME

Ficar bem de uniforme exige pri
uniforme esteja em boas condi
sado. Confira se a saia possui o com
sua altura e porte, que o cinto es
cintura, que seus calçados e meias este
você está observando sua postura e con
devida dignidade e graciosidade. Caso re
em ambiente fechado, confira se seu
apropriado com laço ou grampo inaparente. Ao vestir
um uniforme Lumberjane, você está identificada como
integrante de uma organização e deve ter cuidado
redobrado quanto a sua conduta, de maneira
que demonstre a todos que gentileza e consideração
fazem parte de ser Lumberjane. Há quem julgue países
inteiros pela avareza de poucos, que critique uma família
inteira pela conduta indevida de um familiar e
tenha antipatia a uma organização por motivo de

ORME

utilizado no acampamento
tos em que as Lumberjanes
pode ser utilizado em outras
es. Deve ser utilizado como
o código de vestimenta com
sapatos discretos, e meias ou
da mais que seu uniforme, ou
outra Lumberjane
ela deve
sua
sua

ajuda no
em grupo,
vida ativa n
outro laço de
futuro, e pro
de forma que
Lumberjane pr
Penniquiqul Th
pesada, mas
por conta pr
disponível na lojinha.

u. Elas podem fazê-los
io material material

AH! PELO AMOR DE NELLIE BLY!

O FRIO NÃO VAI MESMO NOS INCOMODAR.

UM ALÇAPÃO? NADA MANEIRO, DONA.

MANUAL DE CAMPO DAS LUMBERJANES
CAPÍTULO QUINZE

Programa de Atividades Culinárias

FORA DA TEMPORADA DE TOMILHO

"Expediência às vezes é necessária."

O tempo urge, pelo menos é o que diz o ditado. Para uma Lumberjane, a pontualidade é parte essencial da vida diária. São muitas as coisas que uma Lumberjane vai aprender enquanto estiver no acampamento; vai aprender a cuidar da vida selvagem ao seu lado e como usá-la para melhorar sua vida e a daqueles ao seu redor. Vai aprender a importância dos costumes sociais e das boas maneiras enquanto desfruta da oportunidade de quebrar as barreiras que a sociedade impõe sobre ela. E, acima de tudo, a Lumberjane vai aprender a importância de ser pontual.

O distintivo *Fora da Temporada de Tomilho* não é apenas um distintivo que ajuda a Lumberjane a entender a importância do tempero, mas sim um que ajuda a ensinar a importância de saber que horas são e sempre usar isso a seu favor. Precisa cozinhar lentamente um peito bovino, entalhar mais cadeiras para seus convidados e alimentar as abelhas que seu vizinho deixou sob seus cuidados

enquanto faz o passeio anual dele ao Everest? Entender como usar o tempo é o segredo para garantir que a Lumberjane não apenas consiga fazer tudo isso, mas também tenha tempo de sobra para dar conta de todos os outros obstáculos que a vida colocar em seu caminho.

Para obter o distintivo *Fora do Temporada de Tomilho*, a Lumberjane deve mostrar seu conhecimento sobre temperos na cozinha. Além disso, deve provar suas habilidades de gerenciamento de tempo durante vários pratos cronometrados. E ainda precisa completar várias refeições balanceadas que terá de servir ao pessoal da sua cabana. Se o pessoal da cabana decidir ganhar esse distintivo em equipe, o que é incentivado, elas devem servir uma refeição para toda a turma. Elas terão de reunir os ingredientes por conta própria e, com a ajuda de sua monitora, usarão as cozinhas. Também é importante que a Lumberjane não deixe de arrumar e limpar

ROSIE!

Abigail! Eu mandei CORRER e isto é uma ORDEM!

CRUSH

Ah... certo... é só colocar as chaves no contato, e...

Ai! Hehe! Certo, sim. Tudo de acordo com o plano! O plano que eu tenho!

Agora é só pisar suavemente no acelerador...

Com licença, Jen, mas acho que antes precisa mudar a marcha.

SIM, EU SEI. ERA OBVIAMENTE O QUE EU IA FAZER PRIMEIRO.

AHHHHHHHHH!!!

VROOM

SCREEEEECH

Certo! Desculpa! A boa notícia é que esses com certeza são os freios!

vai co...

O r...
auxíl...
aparênci...
vestuári...
Além d...
Lumbe...
fazer o...
parte ...
Thisk...
Porra...
têm ...
elas ...

ESTAMOS PRONTOS PRA METER A PORRADA NA NEVE!

A n...
amarelas, ...
borda com ...
na m...
escolh...
calças ...
feitas de ...
sair no ...
boina verd...
as golas ...
Sapatos t...
saltos alto...
meias têm ...
no uniforme. Colares, braceletes e outros acessórios ...
parte do uniforme Lumberjane.

ACHAMOS A JEN!

COMO USAR O UNIFORME

Ficar bem de uniforme exige prime...
uniforme esteja em boas condições d...
sado. Confira se a saia possui o compri...
sua altura e porte, que o cinto es...
cintura, que seus calçados e meias estejam...
você está observando sua postura e comporta-...
devida dignidade e graciosidade. Caso retire sua bo...
em ambiente fechado, confira se seu cabelo está ...
apropriado com laço ou grampo inaparente. Ao vestir
um uniforme Lumberjane, você está identificada como
integrante de uma organização e deve ter cuidado
redobrado quanto a sua conduta, de maneira
que demonstre a todos que gentileza e consideração
fazem parte de ser Lumberjane. Há quem julgue países
inteiros pela avareza de poucos, que critique uma família
inteira pela conduta indevida de um familiar e
tenha antipatia a uma organização por motivo de

TOMILHO

...ORME

...utilizado no acampamento
...tos em que as Lumberjanes
...ode ser utilizado em outras
...es. Deve ser utilizado como
...o código de vestimenta com
...sapatos discretos, e meias ou
...da mais que seu uniforme, ou
...outra Lumberjane
ela deve
sua
sua

...da no
...grupo,
vida ativa n...
outro laço de...
futuro, e pro...
de forma que ...
Lumberjane pr...
Penniquiqul Th...
pesada, mas ... jou. Elas podem fazê-los
por conta pr... o material material
disponível na lojinha.

ABIGAIL TEM UMA PERSONALIDADE EXPLOSIVA.

MANUAL DE CAMPO DAS LUMBERJANES
CAPÍTULO DEZESSEIS

Programa de Atividades Automotivas

ME POUPE

"Segurança automobilística salva."

Como qualquer moça exemplar, a Lumberjane perceberá a importância da segurança ao volante. O segredo para esse conhecimento é entender o veículo por dentro e por fora. As Lumberjanes serão responsáveis pelo cuidado e pela manutenção do veículo do acampamento durante o verão que passarem aqui. A monitora encarregada da oficina automobilística ensinará cada Lumberjane a identificar as partes do motor, entender os problemas comuns enfrentados na estrada, além de como resolver esses problemas com as ferramentas disponíveis.

A vida na estrada será uma experiência que a maioria passará enquanto transita pela vida e, ainda que nem todas apreciem esta experiência, é definitivamente algo para o que uma Lumberjane deve estar preparada. De itens de segurança que vão do cinto até a troca de pneus, o distintivo *Me Poupe* tem o objetivo de ensinar o conhecimento prático de automóveis. Como Lumberjanes, nossas campistas entenderão a importância de manter sua posse em excelentes condições. Elas terão experiência para cuidar de seus pertences, além de ajudar os outros com os deles, e poderão ver as vantagens de separar um tempinho para garantir que sua posse esteja em perfeito estado para que dure por muito mais tempo.

Para obter o distintivo *Me Poupe*, a Lumberjane deve escolher o veículo do acampamento no qual quer trabalhar. Ela aprenderá todo o conhecimento prático sobre o veículo, bem como as orientações de segurança e as leis de trânsito do seu estado. Elas trocarão o óleo do carro e aprenderão a trocar um pneu furado. Se tiverem idade suficiente, aprenderão a dirigir o veículo sem nenhuma supervisão e ajudarão a transportar campistas ou realizar outras tarefas que possam vir a ser necessárias. Elas vão se encontrar com o guarda-florestal do parque para conversar sobre os perigos de dirigir nas montanhas, com o que tomar cuidado caso haja algum

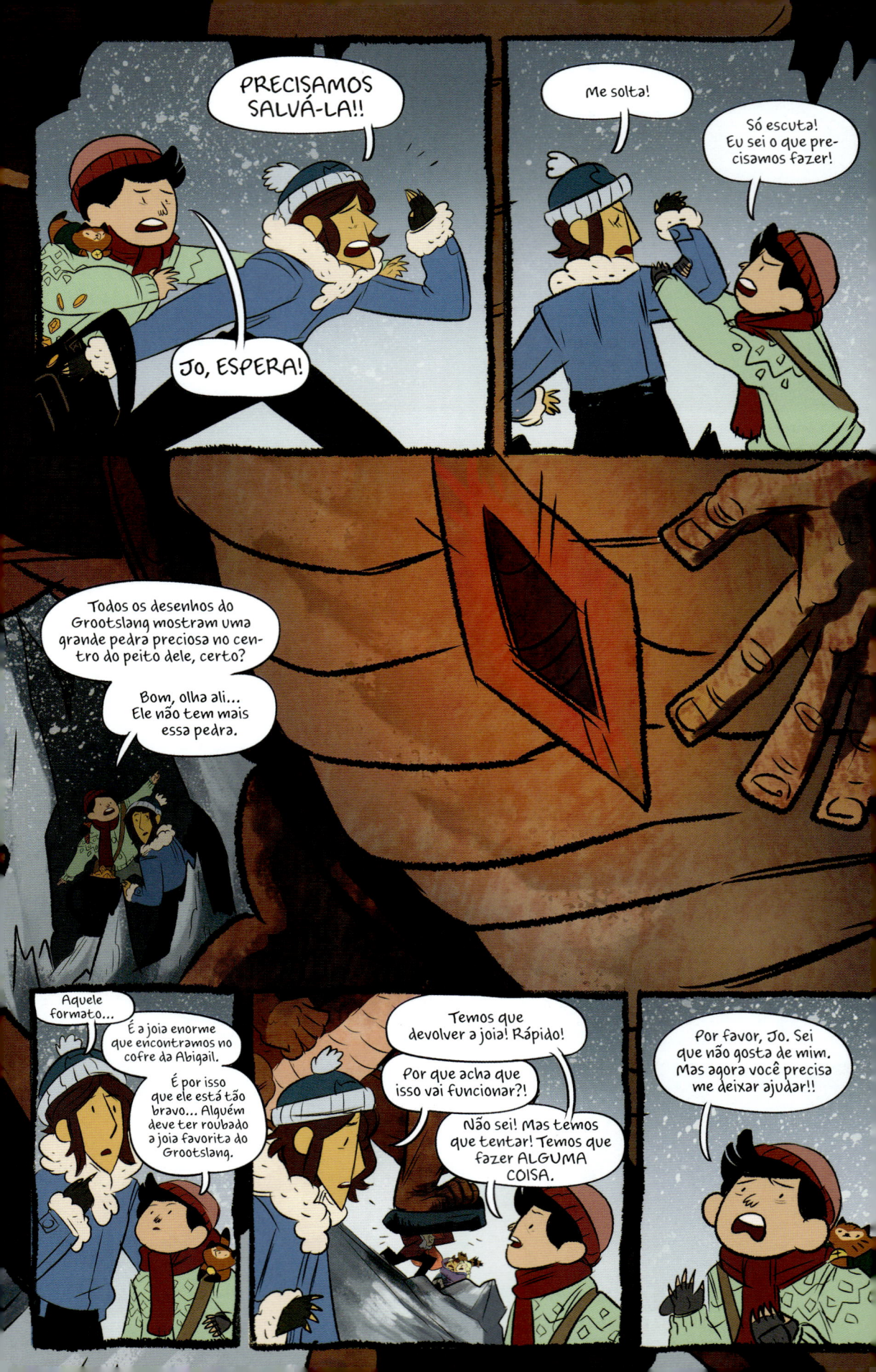

EM TROCA DA MINHA PEDRA DO CORAÇÃO, VOU CONCEDER MISERICÓRDIA À RAÇA HUMANA MAIS UMA VEZ.

MAS, SE ALGUM OUTRO HUMANO OUSAR ME DESPERTAR NOVAMENTE, OU SEQUER PÔR OS PÉS NA MINHA MONTANHA... HAVERÁ CONSEQUÊNCIAS.

Tá, beleza. Parece justo.

"rrrrrumble"

Jo!! Você conseguiu! Salvou todo mundo!

Hehe, ah...

...mas não fui eu. Foi o Barney quem sacou tudo.

Essa foi a parte fácil. A Jo é que foi corajosa.

Ahhhh. Vocês DOIS são minhas pessoas favoritas.

Ah, ótimo.

Vocês estão todos bem.

vai co...

O r...

auxíli... utilizado no acampamento

aparênci... tos em que as Lumberjanes

vestuári... pode ser utilizado em outras

Além d... es. Deve ser utilizado como

Lumbe... o código de vestimenta com

fazer o... sapatos discretos, e meias ou

parte... da mais que seu uniforme, ou

Thisk... outra Lumberjane

Porra... ela deve

têm... sua

elas... sua

MO GRANA, MO PERRENGUE...

A n...

amarelas,...

borda com...

na m...

escolh...

calças...

feitas de...

sair no...

boina verd...

as golas...

Sapatos t...

saltos alto...

meias têm...

no uniforme. Colares, braceletes e outros acessórios ...

parte do uniforme Lumberjane.

JEN NO VOLANTE, PERIGO CONSTANTE!

COMO USAR O...

Ficar bem de uniforme...

uniforme esteja em boas...

sado. Confira se a saia pos...

sua altura e porte, que...

cintura, que seus calçados e...

você está observando sua pos...

devida dignidade e graciosidade...   ajuda no...

em ambiente fechado, confira se seu cabelo está   em grupo,...

apropriado com laço ou grampo inaparente. Ao vestir   vida ativa n...

um uniforme Lumberjane, você está identificada como   outro laço d...

integrante de uma organização e deve ter cuidado   futuro, e pro...

redobrado quanto a sua conduta, de maneira   de forma que...

que demonstre a todos que gentileza e consideração   Lumberjane pr...

fazem parte de ser Lumberjane. Há quem julgue países   Penniquiqul Th...

inteiros pela avareza de poucos, que critique uma família   pesada, mas... Elas podem fazê-los

inteira pela conduta indevida de um familiar e   por conta pr... o material material

tenha antipatia a uma organização por motivo de   disponível na lojinha.

TRABALHO EM EQUIPE É TOPS!

GALERIA DE CAPAS

Programa de Atividades de Vida Selvagem

TEXUGO DE HONRA

"Quanto mais, melhor."

O sucesso de uma Lumberjane não é medido apenas pelos distintivos que ela ganha, mas pode ser muito divertido colecionar todos. Existem centenas de distintivos que uma Lumberjane pode conseguir, desde o distintivo *Mestre do Trocadalho* até o querido *Duro de Pintar*, pelo qual as Lumberjanes aprendem a criar corantes a partir da natureza ao seu redor. Em nosso acampamento das Lumberjanes, queremos que todas busquem apenas os distintivos que conseguirem encaixar em seu tempo no acampamento e, se isso significa que alguém consegue dar conta de todo o manual e seus vários outros volumes, então aplaudimos essa pessoa. Cabe à campista encontrar cada monitora, e todas as possíveis instrutoras, e descobrir quais distintivos ela pode ganhar no tempo que tem disponível.

Se uma escoteira Lumberjane conseguir colecionar todos os distintivos existentes no momento em que este distintivo for disponibilizado, ela vai receber o distintivo *Texugo*

de Honra, bem como uma aula de como estender sua faixa de maneira elegante. Entretanto, se ela já estiver recebendo esse distintivo, há uma boa chance de que já tenha decidido estender sua faixa diversas vezes. Para a Lumberjane que decidir enfrentar esse difícil desafio, tenha em mente que incentivamos a competição, desde que esta seja feliz, saudável e não prejudique ninguém no acampamento. O distintivo *Texugo de Honra* é um distintivo merecido porque a Lumberjane nunca desiste. As Lumberjanes querem se sobressair em tudo sempre que tiverem a oportunidade. Esse é um distintivo merecido por aquelas que sabem o que querem realizar e vão conseguir enfrentar o desafio ao lado de seus amigos.

Para obter o distintivo *Texugo de Honra*, a Lumberjane deve ser persistente, deve manter a cabeça erguida e deve enfrentar todos os obstáculos em seu caminho. Ela vai se esforçar ao máximo para encontrar mais distintivos para ganhar e, com a ajuda dos amigos, realizar todas as tarefas

Número Quinze
Brooklyn Allen COM CORES DE Maarta Laiho

Número Quinze Exclusivo para á ComiXology
HOPE LARSON COM CORES DE MAARTA LAIHO

Variante do Número Dezesseis

KAT PHILBIN

Número Dezessete
CAROLYN NOWAK